Dieses Buch gehört:

_____

ISBN 3-88547-399-2

© 1986 F. Coppenrath Verlag, Münster
Alle Rechte vorbehalten, auch auszugsweise.
Gesamtherstellung: KDV, Lengerich
Printed in W.-Germany

Die Himmelswerkstatt

Ein Bilderbuch von Emmerich Huber
Text von Hans Toscano del Banner

F. Coppenrath Verlag, Münster

Wenn die Blätter von den Bäumen abgefallen sind, wenn die ersten Schneeflocken durch die Luft wirbeln und die Raben mit heiserem Gekrächz über die Wolken fliegen, wenn die Kinder, rotbackig und mit kalten Nasen, auf ihren Schlitten die Hänge hinabsausen, wenn es schon zeitig anfängt dunkel zu werden, dann ist Weihnachten nicht mehr fern. Am Abend sitzt die Familie beim traulichen Lampenschimmer am warmen Ofen zusammen, die Bratäpfel schmurgeln, und aus der Küche dringt der Duft der frischgebackenen Plätzchen herein. Das ist die schönste Zeit im Jahr, nicht wahr?

In solchen Adventstagen werdet Ihr dann auch über Euren Wunschzetteln sitzen und mit Eurer schönsten Schrift dem Christkind oder dem Weihnachtsmann mitteilen, welche Geschenke Euch unter dem strahlenden Tannenbaum am meisten Freude machen würden. Liebe Kinder, habt Ihr denn schon einmal so richtig darüber nachgedacht, wo alle die schönen Geschenke und Spielsachen, die Ihr unter dem Weihnachtsbaum findet, herkommen? Wer denkt sie sich wohl aus, und wer macht sie mit so viel Liebe und Sorgfalt? — Wie bei allem Schönen im Leben ist auch hier ein Geheimnis dabei.

Ihr wißt sicherlich, wo das Christkind und der Weihnachtsmann wohnen, an die Ihr Eure Wunschbriefe schreibt? Ja, im Himmel droben, hoch über den Wolken, noch viel, viel weiter als der Mond und die Sterne. Vielleicht daß Ihr einmal in einer klaren Nacht wie die Sterngucker mit einem riesengroßen Fernrohr in den Himmel hineinschauen könntet? Da würdet Ihr die Sterne so nahe leuchten sehen, als wären sie glitzernde Christbaumkerzen, und der Mond glänzte herauf so voll und rund wie eine große goldene Kugel. Aber freilich, bis in den Himmel hinein, bis dorthin, wo das Christkind wohnt, kann man mit einem solchen Fernrohr, und wäre es das größte der Welt, doch nicht schauen. Die weisen Sterngucker werden Euch sagen, daß so etwas nicht möglich sei. Und doch gibt es Leute, die das verstehen. Sie brauchen dazu nicht einmal ein Fernrohr; sie kommen auch so hinter die wundervollsten Geheimnisse. Es sind dies die Dichter und die Maler unter den Menschen, die wie Kinder mit offenen Augen zu träumen vermögen. Sie sind es, die Euch die schönsten Geschichten und Märchen ausdenken. Sie schreiben sie auf oder malen sie mit bunten Farben in die Bücher hinein. Und ein solches Buch, prächtig ausgemalt, habt Ihr nun vor Euch. Es will Euch erzählen, woher die Spielsachen und die Geschenke kommen, die Euch das Christkind zum Heiligen Abend beschert.

*A*uf den höchsten Wolken, gleich unter dem Mond, erhebt sich ein riesengroßer, strahlender Palast mit so vielen Fenstern, daß man sie gar nicht zählen kann. Zahllos sind auch seine Türme und rauchenden Schornsteine. In diesem Palast arbeiten die Englein an den Weihnachtsgeschenken für die Kinder. Die Himmelswerkstatt gibt es noch gar nicht so lange. Eines Tages gab es im Wolkenpalast große Aufregung. Der Weihnachtsmann rief alle Englein zusammen und hielt ihnen folgende Rede: „Liebe Englein, ich habe vom Christkind den Auftrag erhalten, dafür zu sorgen, daß in Zukunft auch wirklich alle Kinder zu Weihnachten beschenkt werden. In der letzten Zeit soll es vorgekommen sein, daß da und dort tatsächlich ein paar zu wenig bekommen haben! Die Fabriken auf der Erde sind nämlich nicht imstande, alle die Wünsche der vielen, vielen Kinder zu erfüllen. Da müssen wir, die wir schließlich dafür verantwortlich sind, daß in jeder Familie wahrhafte Feststimmung und Weihnachtsfreude herrscht, dafür sorgen, daß kein Kind enttäuscht wird. Ich kann natürlich nicht alles allein machen. Ihr müßt mir schon dabei helfen. Pummelchen, du malst doch so gerne, du darfst die Schaukelpferde anstreichen, und Rotschöpfchen, du hast mir gestern meinen Knopf so schön angenäht, du kannst dich an die Puppenkleidchen machen. Und den Schwipsi, den bringen wir bei den elektrischen Eisenbahnen unter, einverstanden? Der Mann im Mond hat mir schon erzählt, wie schön du seine Laterne wieder zurechtgebastelt hast!" Eins, zwei, drei — schon waren die Arbeiten ausgeteilt, und die Freude war bei allen groß.

So machen sich jetzt alljährlich in den Adventstagen die Englein alle auf und fliegen in das große Haus mit den unzähligen Fenstern. Von allen Seiten her kommen sie vor dem mächtigen Tor zusammen, lassen sich vom Morgenwind herantragen oder reiten auf einer freundlichen Wolke. Jeder der Flügelmätze trägt ein niedliches Laternchen in der Hand. Manche, es sind bestimmt diejenigen, die in der Metallwerkstatt arbeiten, haben Monteurhöschen an, wieder andere, Boten und Schreiber, haben kleine Schürzchen umgebunden. Alle aber gehen froh und vergnügt an ihr Tagewerk. Sie kommen immer pünktlich, sind lieb und aufmerksam zueinander und sehr wohlerzogen, wenn auch nicht selten zu kleinen Streichen aufgelegt. Gleich neben dem Toreingang unter der großen Laterne hat der gute, alte Petrus seine Pförtnerstube. Aus seinem Fenster schaut er dem geschäftigen Treiben zu, ob auch alles seine Ordnung habe bei dem kleinen Himmelsvolk. Er kennt jedes Englein ganz genau. Er lacht der kleinen Schneck und dem stupsnasigen Nico zu — die sind immer die ersten. Wenn es dann schon kurz vor sieben Uhr ist, und ein paar Spätaufsteher mit Windeseile angebraust kommen, dann droht er leicht mit dem Finger und lächelt: „Höchste Eisenbahn, ihr Racker! Morgen müßt ihr schon ein wenig früher aus euren Wolkenbettchen herausfinden!"

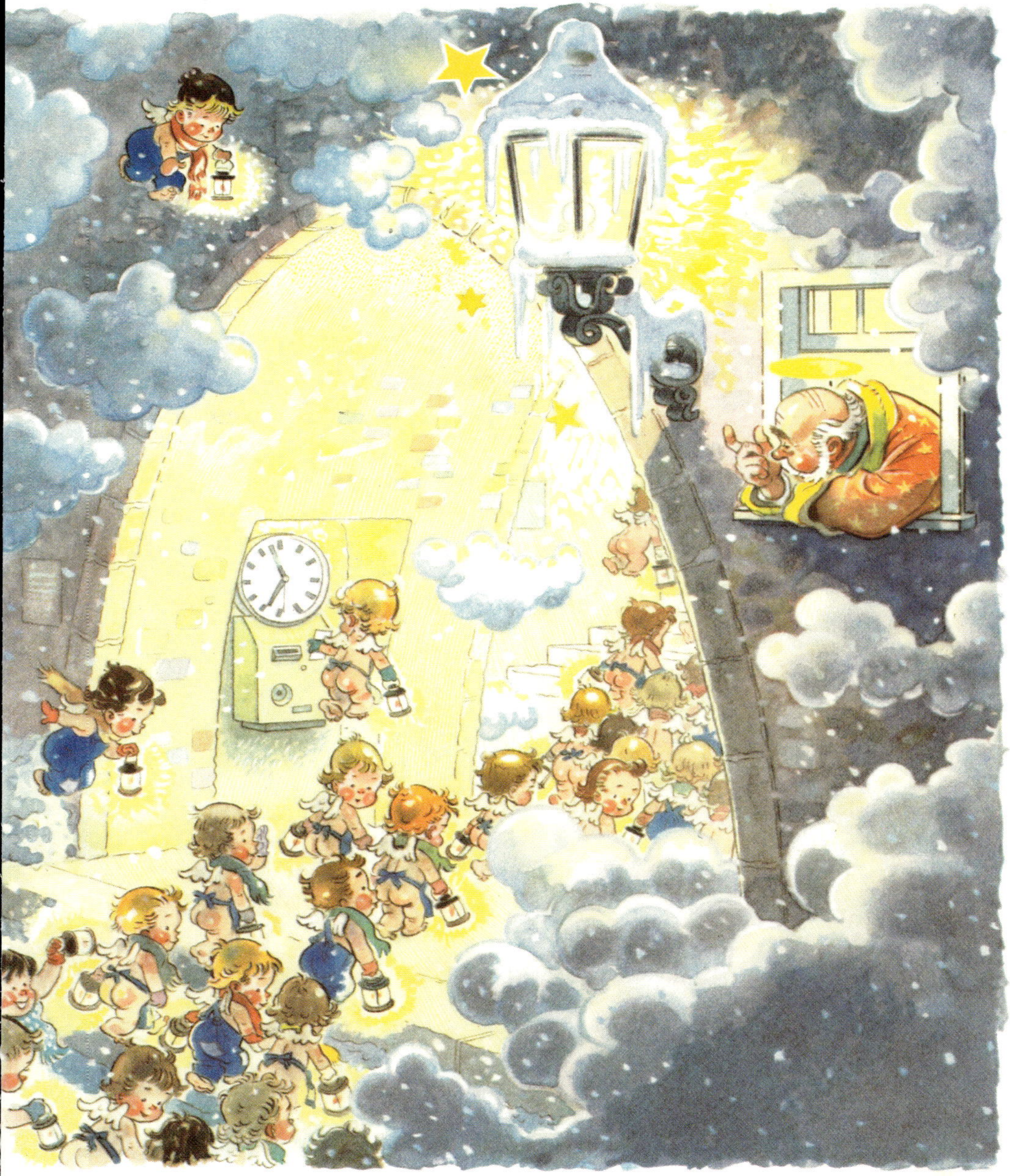

So um die Mitte des Weihnachtsmonates herum fliegen die Postenglein von Haus zu Haus und sammeln die Wunschzettel ein. Ihr könnt Euch gar nicht vorstellen, wieviele Wünsche aus allen Ländern im Himmel zusammenkommen! Da gibt es Briefe von lieben, bescheidenen Kindern, die sich an allem erfreuen, selbst an der kleinsten Gabe, aber es gibt auch Briefe von Buben und Mädchen, die mit keinem Geschenk zufrieden sind, und die nie genug bekommen können. Jeder Wunschzettel muß nun von den Englein gelesen, begutachtet und schließlich in ein großes Buch eingetragen werden. Darin steht auch verzeichnet, ob Ihr auch wirklich brav gewesen seid!

Das Englein Felinchen hat weiter nichts zu tun, als eine Liste der Kinder zusammenzustellen, die keinen Vater und keine Mutter mehr haben, denn diese müssen natürlich zuerst bedacht werden. Und Englein Strampel, das da tief in dem Papierkorb herumsucht, will nachschauen, ob der Briefumschlag der kleinen Annemarie noch zu finden ist, die vergessen hat, auf dem Wunschzettel ihre Adresse anzugeben. Die Buchhalter-Englein sind eifrig beim Rechnen, wieviel Stoff für Puppenkleidchen, wieviel Blech für Spielautos und Eisenbahnen, wieviel Holz für Roller, Schaukelpferde und Puppenhäuser, und wieviel Farbe und Lack für das Anmalen aller Spielsachen in diesem Jahr gebraucht wird. Im Büro des Weihnachtsmannes herrscht Hochbetrieb. Er sitzt an einem riesengroßen Schreibtisch und telefoniert unaufhörlich mit sämtlichen Abteilungen der Himmelswerkstatt. Er gibt Anweisungen an

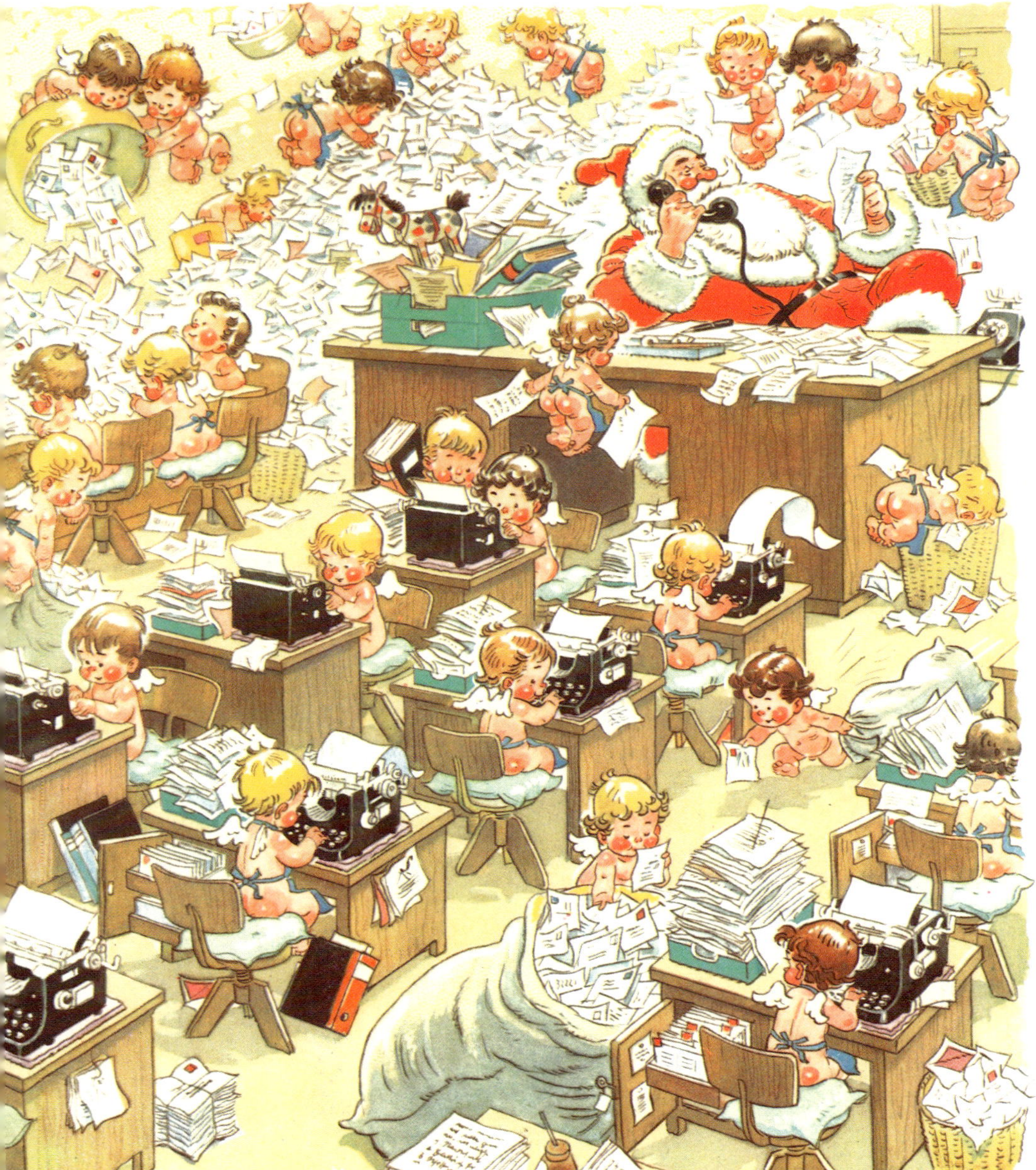

die Bäckerei, er bestellt neue Puppen mit Schlafaugen, und er erkundigt sich zwischendurch rasch einmal, wieviel Babys zur Verfügung stehen. Denn wie jedes Jahr sind auch dieses Mal wieder viele Wunschzettel von Kindern dabei, die sich zum Fest ein kleines Schwesterchen oder Brüderchen wünschen. Vom vielen Sprechen ist er schon ganz heiser.

*D*er größte Raum in der himmlischen Werkstatt ist die Weihnachtsbäckerei. Jedes Kind soll ja außer seiner Puppe oder seinem Baukasten auch einen großen Teller mit Lebkuchen, Zimtsternen, Makronen, Kokosbusserln, Pfefferkuchen und Schaumringen bekommen. Alle diese Leckereien werden hier gebacken. Umsichtig und streng kommandiert der Oberküchenmeisterengel Syrupius: „Ist genug Mehl für die Honigkuchen da? Ja, dein Lebkuchenmann ist schon recht schön geworden, Pussi! Aber warum hast du ihn denn so klein gemacht? Hast du wieder etwas von dem Teig wegschnabuliert? Stimmt's? Du kannst dich genau so wenig beherrschen wie der kleine Muck hinter mir, der einen Pfefferkuchen nach dem anderen auffuttert und sich dabei einbildet, ich merke nichts davon! — Hm, recht lecker ist diese Mischung, aber ich glaube, es müssen noch mehr Rosinen hinein, die Schokolade nicht zu vergessen! — Was riecht denn da so gut? Aha, die Stollen sind fertig! Schnell heraus damit aus dem Backofen, aber streut mir ja genug Zucker darauf. — Na, ihr beiden, Schnipp und Schnapp, ihr werdet wohl nie fertig mit eurem Hexenhäuschen?" — „Aber lieber Oberküchenmeister, wir wollen doch einmal etwas ganz Besonderes, ein modernes Hexenhaus, bauen!" versuchen sich die beiden zu verteidigen. Dabei schlecken sie sich aber verlegen ihren honigverklebten Mund ab.

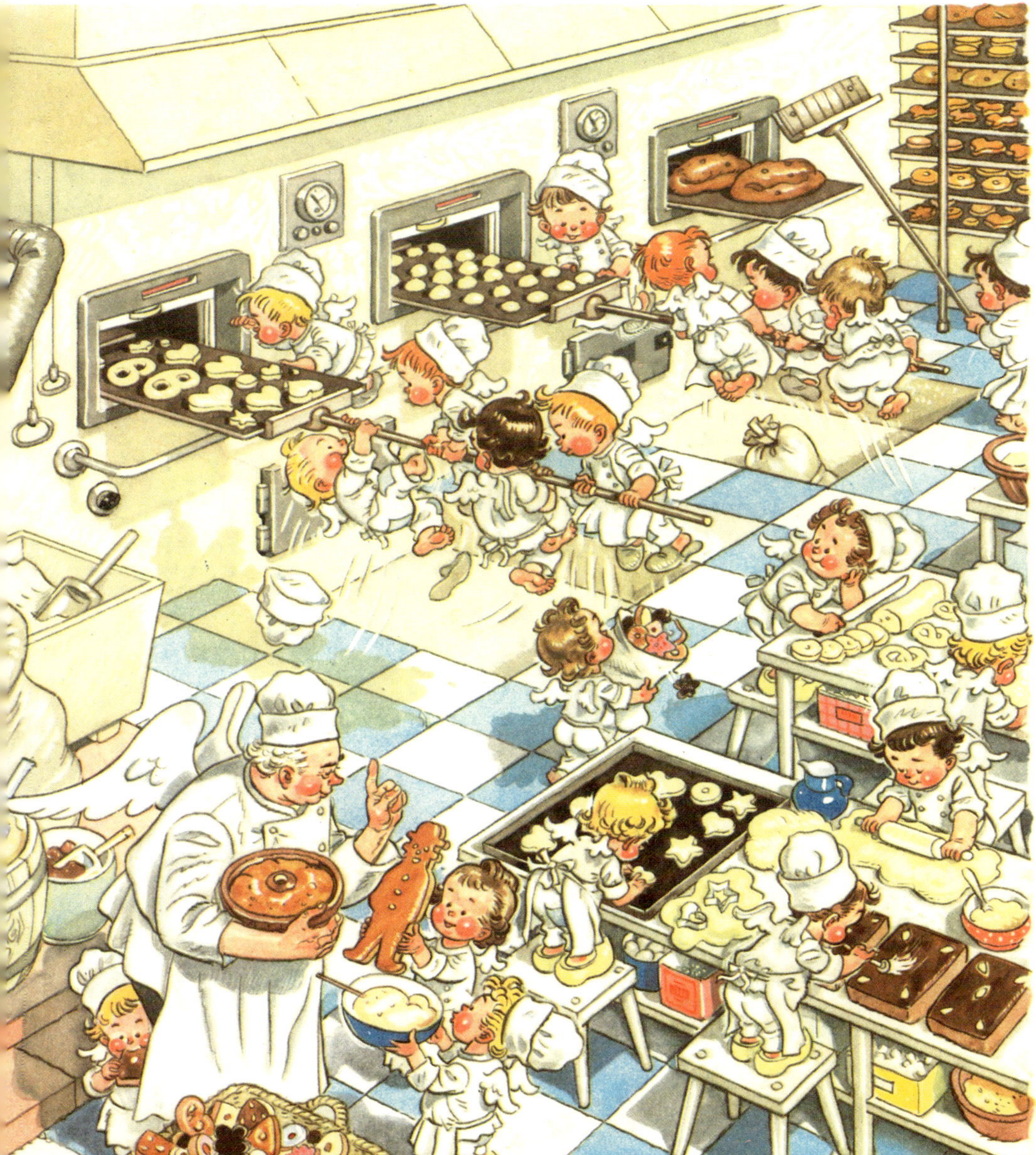

In der Maschinenhalle geht es am lautesten zu. Da dröhnen die Motore, schnurren die Bohrmaschinen, surren die Drehbänke, da wird gestanzt, gehämmert und geklopft. An den Werkplätzen und Arbeitstischen werden die vielen Eisenbahn-, Auto- und Schiffsteile angefertigt und zusammengesetzt. Da heißt es gut aufpassen, daß auch richtig Teil zu Teil kommt, wie es sich gehört. Pünktchen lötet mit verbissenem Eifer einen Dampfer nach dem anderen, und das ist gar nicht so einfach, weil man sich dabei leicht die Finger verbrennen kann. Die kleine Schneck und Pummelchen probieren immer wieder die Rennautos aus und lassen sie um die Wette fahren. Der meiste Betrieb herrscht aber am Eisenbahn-Versuchsgelände. „Also, ich schalte jetzt den Strom ein, Flipp mit der Mütze ist der Stationsvorsteher, und du, Flämmchen, du stellst die Weichen!" Auf den weitverzweigten Gleisen donnern die D-Züge durch Tunnels, pfeifen ungeduldig die Lokomotiven, rattern endlose Güterzüge dahin. In der Mitte der Halle, im großen Planschbecken, kreuzen Ozeandampfer aller Größen, Segelboote und kleine Schaluppen durch die Wellen. Sumsi und Zacki stehen an der Bohrmaschine, und der Monteurmeister schaut ihnen über die Schulter: „Immer mit der Ruhe, ihr braucht euch gar nicht zu beeilen!" brummt er väterlich. „Die Hauptsache ist, daß jede Arbeit ordentlich gemacht wird!" — „Ja, aber wir wollen doch auch einmal mit dem Rennauto fahren!" — „Nur Geduld, nach der Mittagspause, wenn ihr fertig seid, dürft ihr spielen, womit ihr wollt!"

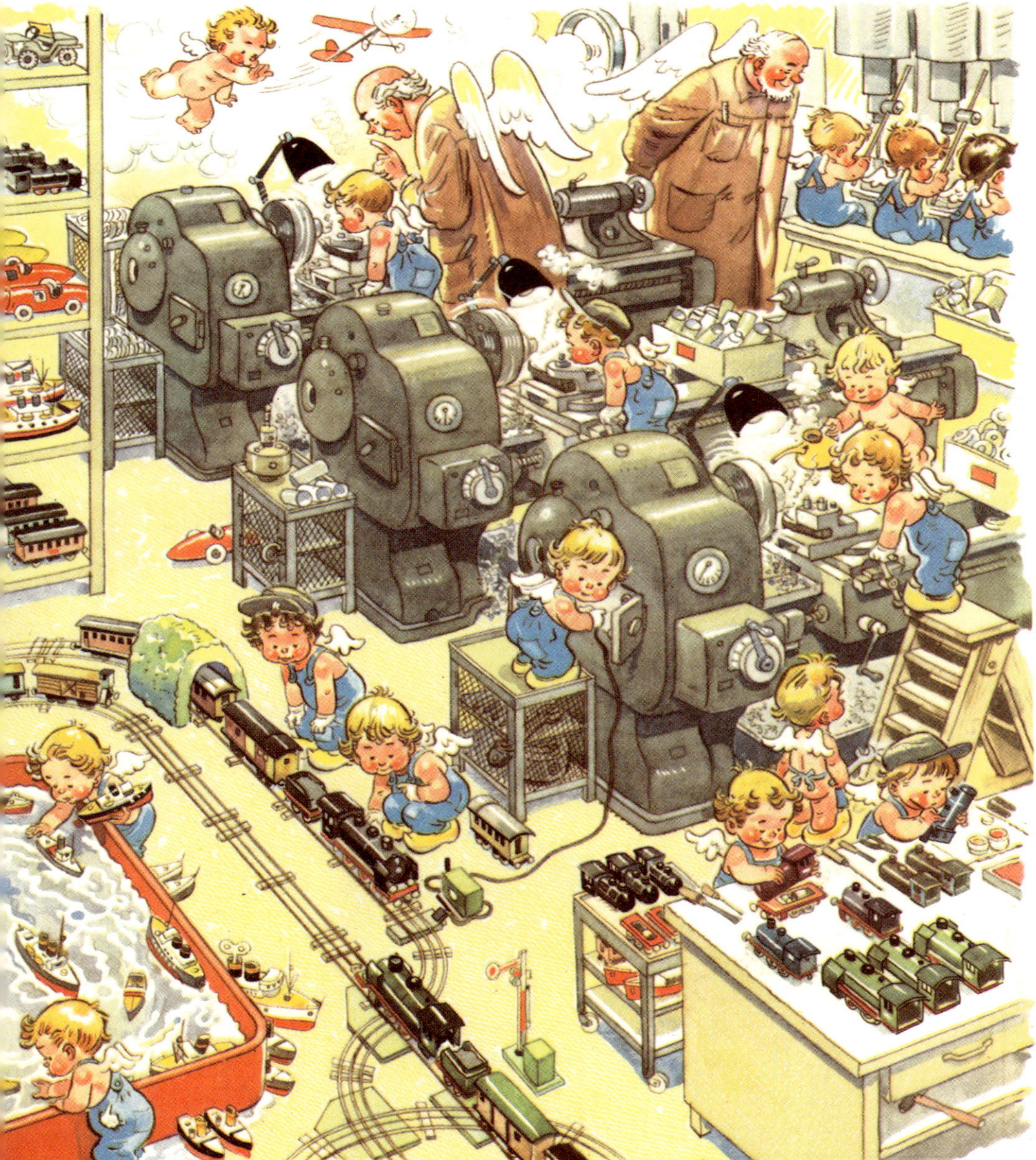

$\mathcal{G}$leich nebenan ist die Werkstatt für die Stofftiere und Puppen. Aus Wolle, Fellen und Sägemehl entsteht hier von geschickten Händen ein ganzer Tierpark: Elefanten, Bären, Pferdchen, Zebras, Schafe, Foxterrier, Häslein und vieles andere. Es gehört schon allerhand Kopfzerbrechen dazu, wenn man berechnen soll, wieviel Stoff für die Giraffe mit ihrem langen Hals und den schrecklich dürren Beinen nötig ist! Am anderen Ende des langen Tisches werden alle möglichen Puppenteile geformt und aneinander gefügt. Einmal ist es vorgekommen, daß ein Englein in der Eile einen dicken, großen Kopf an eine ganz kleinwinzige Puppe genäht hat. Das hat ein Gelächter gegeben!

Ein wenig abseits von den anderen sitzt Rotschöpfchen

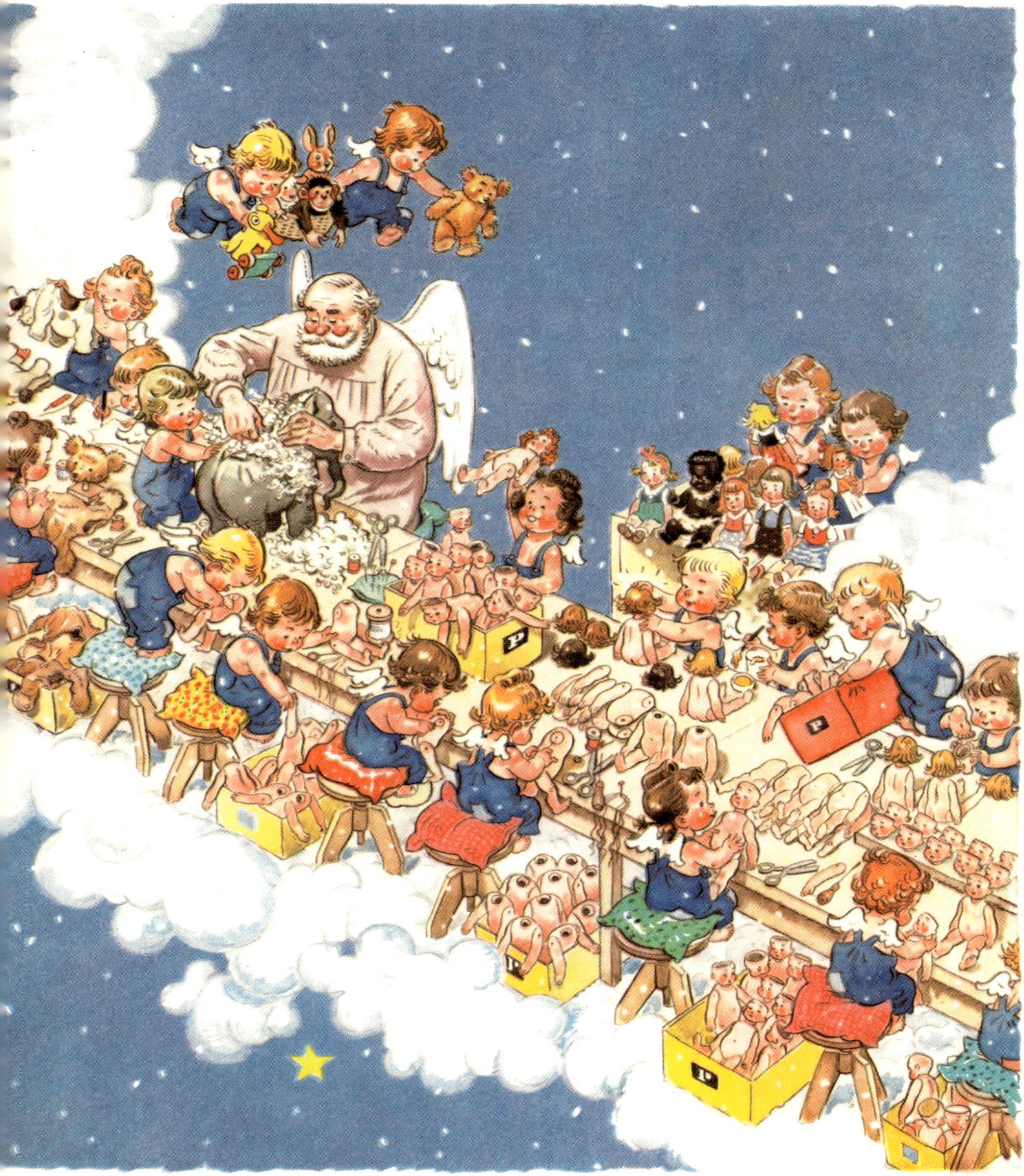

an ihrer Nähmaschine. Sie schneidert am laufenden Band Puppenkleidchen. Hinter ihr, zwischen zwei Sternen, hängt schon eine Menge der duftigen, niedlichen Gebilde. „Ach", seufzt sie, „es ist doch schwer, sich immer wieder neue Modelle auszudenken. Ich finde, die Mädchen von heuzutage sind schon recht anspruchsvoll!"

Bei den Babys ist es ganz ruhig; denn die Kleinen schlafen oder spielen artig und stillvergnügt mit ihren großen Zehen. Der Saal mit den vielen Bettchen wird von einem Oberschwesterengel betreut, und der hat sich natürlich nur solche Engel zu Helfern ausgesucht, die wirklich sachte und unhörbar auf Zehenspitzen gehen können. Krach gibt es allerdings, als der kleine Schlunzi anfängt, die Flaschen mit dem süßen Nektar auszutrinken, die nur die Babys bekommen sollen. Hasi mit den frechen Zöpfchen piepst in höchster Aufregung: „Der Schlunzi, der Schlunzi, der trinkt schon wieder eine Flasche aus! Ach, lieber Oberschwesterengel, schick ihn doch wieder in den Storchenstall, wo er hingehört. Und denk mal, seine Schleuder hat er auch mitgebracht, das darf er doch gar nicht!" Aber der große Engel, der gerade das Baby Nr. 348 pudert und wikkelt, ist so beschäftigt, daß er für Schlunzi nur einen drohenden Zeigefinger übrig hat. Schließlich muß er ja für den Versand der kleinen Erdenbürger sorgen: „Das hier ist für Müllers, es ist fertig. Schreibt rasch einen Begleitschein heraus und verpackt es dann schön warm in das Weidenkörbchen. Die Babys unter der Höhensonne haben jetzt genug Farbe, nehmt sie heraus! In einer Viertelstunde muß die ganze Sendung am Storchenflugplatz sein. Es sind ja alles Weihnachtskinder und sie sollen rechtzeitig unter dem Christbaum ankommen." Inzwischen hat Schlunzi unbemerkt das dritte Nektarfläschchen bis zur Neige ausgetrunken und schleicht zufrieden schmatzend hinaus.

Liebe Chonika

Seit meiner Kindheit ist das eines meiner Lieblingsbücher, und ich kann mich noch gut erinnern, daß ich mich als Kind immer gefreut habe, wenn irgendwo auf einem Bild unvermutet das kleine rote Teufelchen aufgetaucht ist.

Heute freue ich mich immer auf dieser Seite, daß Du darin vorkommst, und ich überlege jedesmal, welches der Weihnachtskinder Du sein könntest: Das im Arm der Engelschwester oder vielleicht doch eines unter der Höhensonne mit den heißen Sonnenbrillen.

Eine Fantasie dazu: Wäre es nicht ein schönes Zitat, das nur wir beide verstehen würden: Wenn Du so weit bist und Dich traust, vor meiner Kamera ganz Du zu sein, eine Serie aufzunehmen, in der Du einzig eine Sonnenbrille aufhast, ganz ohne Anspruch, aber mit viel Spaß, das nachzustellen und selbst etwas daraus zu machen?

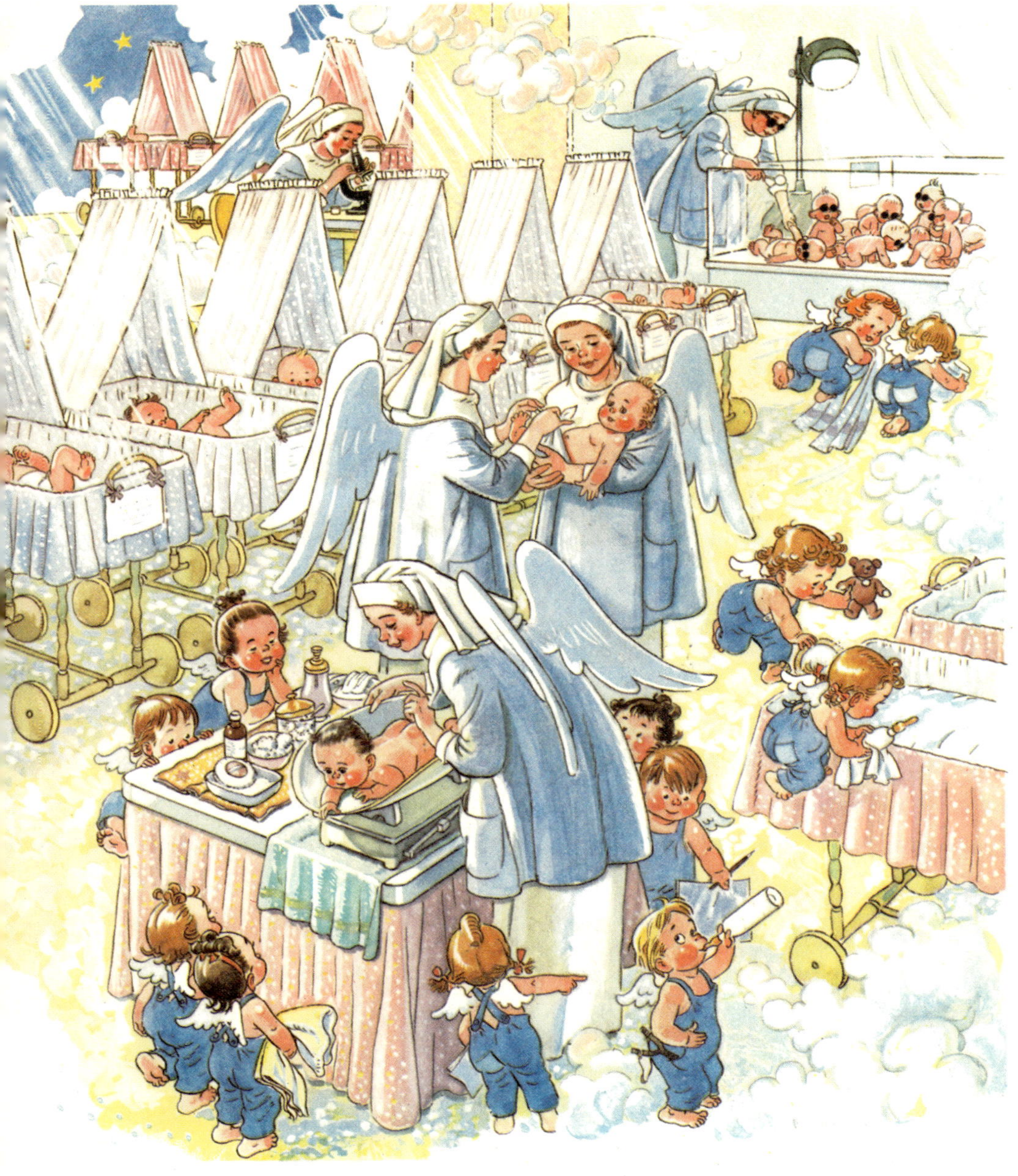

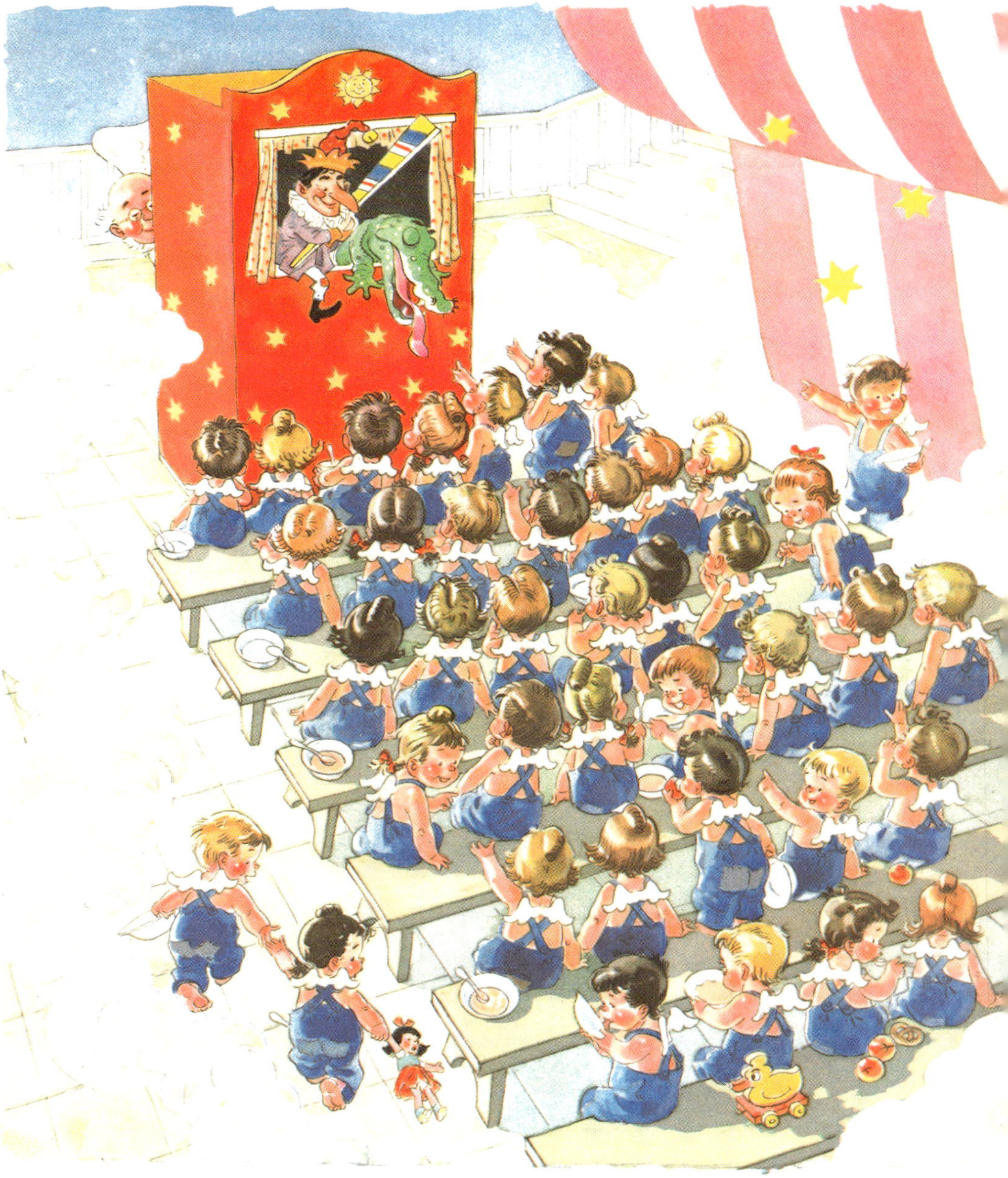

In der Mittagspause dürfen sich die fleißigen Englein ein Kasperltheater ansehen, das so viele Kinder sich zu Weihnachten gewünscht haben. „Seid's alle da?" „Jaaaaaa!" „Na, dann können wir ja anfangen. Ich hab euch mein Krokodil mitgebracht", ruft der Kasperl, „das hab ich gestern im Schlafzimmer von meiner Großmutter erwischt. Da ist es in der Waschschüssel herumgeschwommen und hat immer geplärrt, weil es sich so einsam gefühlt hat. Jetzt bring ich ihm gerade das Singen bei, und dann hänge ich es mir als Ersatz für meinen Kanarienvogel in den Vogelbauer. — Was ist denn da hinten los, da kommt ja schon wieder so ein kleiner Nachzügler! Glaub nur ja nicht, ich fange jetzt noch einmal von vorn an mit meiner schönen Rede! He, wollt ihr wohl aufpassen? Ah, sieh da, der kleine Lumpazi aus der Hölle hat sich eingeschlichen. Du Schlingel hast hier gar nichts verloren! Gleich komm ich mit meiner Pritsche und treib dich hinaus!"

Eine Schar eifriger Erfinder ist in einem großen, hellen Saal am Werke, immer neues Spielzeug zu entwerfen und auszuprobieren. Was kann man da nicht alles sehen: Eierlegende Holzhühner, rollende Raupen, Springteufel und anderes mehr. Natürlich geht es dabei nicht ohne großen Lärm ab. Es pfeift und quietscht, es surrt und schnurrt, es jault und heult, es zischt und kracht, so laut, daß man sein eigenes Wort nicht mehr verstehen kann. Eben hat Hupsi seinen neuen Patentspringsessel fertig und jauchzend saust der glückliche Erfinder mit ihm durch den Raum. Sogar Blondchen schaut von dem Entwurf ihres fliegenden Fisches mit eingebautem Klubsessel auf und bewundert den kleinen Freund. Aber der größte Erfolg ist doch das rasende Nashorn! Man braucht es nur einmal aufzuziehen, und schon jagt es mit schreckerregendem Augenrollen „Aus der Bahn, aus der Bahn" rufend, stundenlang im Kreis herum. Mit lautem „Quak-Quak" startet die Hubschrauber-Ente „Leopoldine I." der Deckenbeleuchtung entgegen. Struppsi macht es Spaß, dem Bolzi mit dem Gummifeuerwehrmann mitten ins Gesicht zu spritzen, weil das furchtbar kitzelt. Was wohl die Vier haben mögen, die mitten im Raum so geheimnisvoll die Köpfe zusammenstecken? Ob da wohl etwas Neues ausprobiert wird? Schmolli sucht lieber das Weite, denn es könnte vielleicht gefährlich werden.

Stünde nicht Petrus zufällig vor der Tür, hätte niemand gemerkt, daß der kleine Teufel wieder einmal spionieren wollte. „Nun hab ich dich erwischt, du kleiner Strolch", brummt Petrus in seinen Bart. „Du hast doch hier nichts zu suchen, denn euch Beelzebuben ist ja der Zutritt verboten. Laß dich ja nicht wieder hier sehen, sonst muß ich den Rohrstock holen." Da bekommt es Lumpazi mit der Angst zu tun, macht kehrt und saust mit einem Huii zum Himmelstor hinaus, indem er zurückruft: „Ätsch, wir machen in der Hölle doch viel schöneres Spielzeug als ihr."

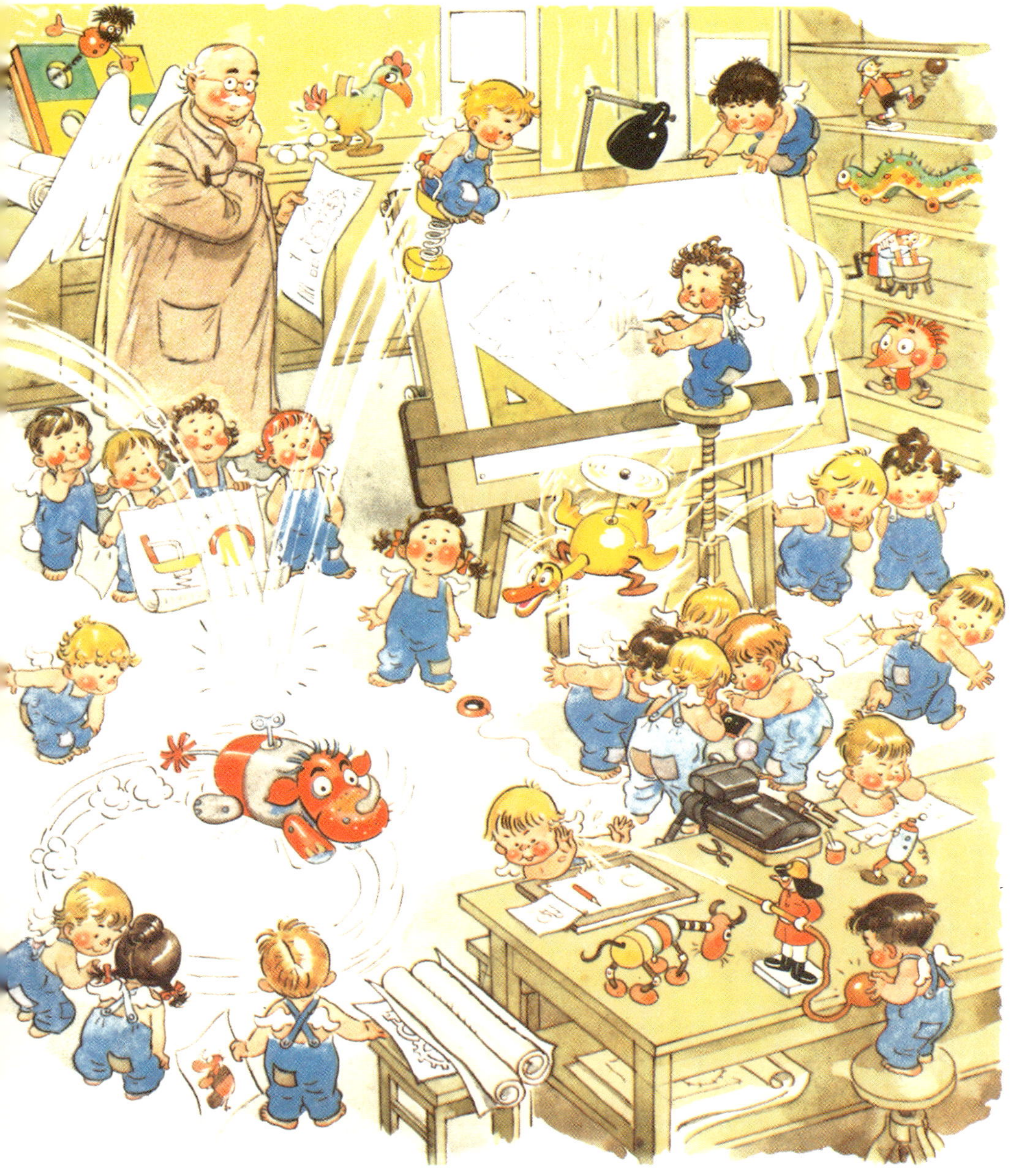

Nun, da müssen wir aber gleich einmal einen Blick in die höllische Werkstatt werfen und nachsehen, ob das wirklich stimmt, was Lumpazi gesagt hat. Brr, ist es da unten dunkel und eng, alles voll Ruß und Schmutz! Ein beißender Rauch aus der offenen Herdglut, aus blakenden Fackeln und glühenden Schwefeltöpfen durchzieht den ganzen Raum, läßt die Augen tränen und kitzelt in der Nase. Am Herd steht des Teufels Großmutter und bemüht sich, mit einem Blasebalg die zusammengesunkene Glut frisch zu entfachen. Und das sind also die Spielsachen, die so viel schöner sein sollen als die aus der himmlischen Werkstatt? Ach, ihr armen Teufel, unförmig sind sie und schwerfällig, mißgestaltet und verschmutzt wie ihr selbst. Da gibt es Kanonen mit verbogenen Rohren und steinernen Rädern, schielende Puppen mit Wasserköpfen, Knollennasen und struppigen Haaren! Luzifer selbst bearbeitet mit einer riesigen Feile den zerdrückten Kopf einer schmerbäuchigen Puppe, und ein kleiner Beelzebub versucht, ihr einen langen, verbogenen Nagel in den Rumpf zu schlagen. Zwei andere Beelzebuben, Schwefelstank und Eulenkreisch, hämmern auf einem Stück glühenden Eisens herum, daß es nur so spritzt. Mäusepfiff bohrt in eine unförmige Gestalt, aus der anscheinend ein Pferd werden soll, Löcher für die Beine. Ratten flitzen die Mauerkanten entlang, Fledermäuse huschen geisterhaft durch die stickige Luft, Dunstschwaden aus den Gas- und Schwefelflammen kriechen an den Wänden hoch, und in den Höllenlärm tönt unheimlich das „Schuhu" der alten Eule hinein, die in der Felsspalte haust. Ein wirklich teuflisches Durcheinander! Und dorther soll schönes Spielzeug kommen? Na, lügen kann der kleine Lumpazi, findet Ihr nicht auch? Höchste Zeit, daß wir wieder in den Himmel zurückkehren. Wir haben uns da oben ja noch gar nicht alles angesehen!

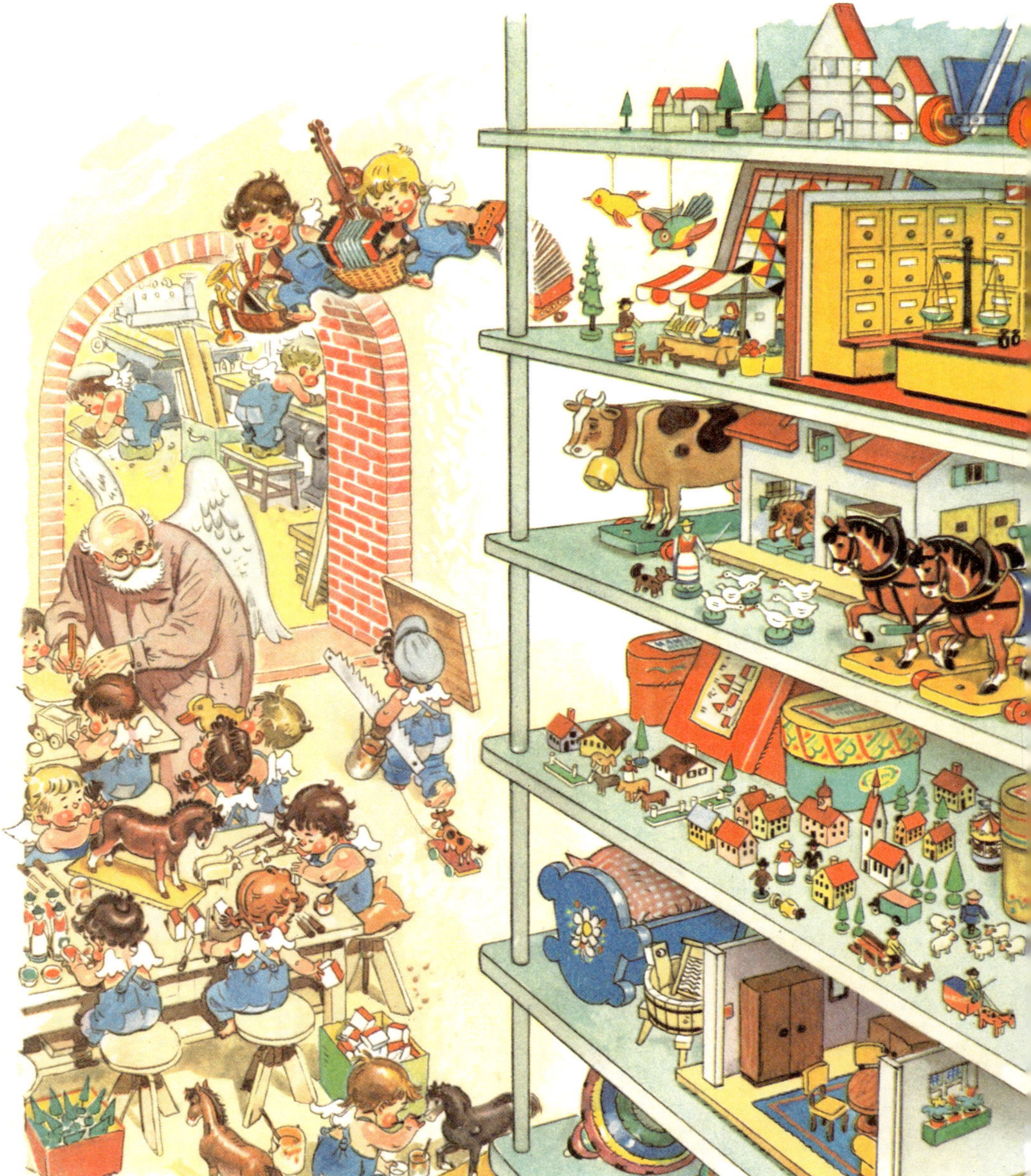

*M*an atmet ordentlich auf. Wie sauber, hell und luftig ist es dagegen hier. In der Holzspielzeug-Werkstatt stehen Regale voll von bunten Baukästen, Puppenstuben und Kaufläden. Ganze Dörfer mit Bauernhäusern, einer Kirche, mit Bäumen und Zäunen, mit gedrechselten Liliput-Menschen und -Tieren, mit Fuhrwerken, und sogar einem richtigen, kleinen Karussell findet Ihr hier aufgebaut. Den Mädchen, die, wenn sie einmal erwachsen sind, tüchtige Hausfrauen werden wollen, bringt das Christkind bestimmt einen possierlichen Waschtrog. Freut Ihr Euch schon darauf?

    Ringel, ringel Reihe
      wir sind der Kinder dreie...

dudelt die blau-gelb geblümte Spieldose, auf der vergnügte Püppchen im Kreise herumtanzen, und der prächtige, weißbärtige Nußknacker, der in Gala-Uniform mit blankgewichsten Stiefeln angetreten ist, wacht mit grimmiger Entschlossenheit über die Ordnung in seinem Fach. Höchstens ein paar harte Wal- und Haselnüsse könnten seine Aufmerksamkeit ablenken. Am obersten Bord hütet der alte Schäfer mit seinem treuen Hund eine Herde von sanften Mähschäfchen. Und honiggelb schimmert das Wachs der Kerzen in Engelshand. Sein Duft mischt sich mit den Gerüchen von Farbe, Lack und harzigem Holz.

    Ringel, ringel Reihe...

Die Püppchen drehen sich im Kreise, und silbern klimpert das Spielwerk seine Melodie.

*D*ie kleinen Schneiderengel, deren geschickte Hände die Höschen und Jacken, die Hemden und Strümpfchen für die kalten Wintertage anfertigen, sitzen mit vor Eifer hochgeröteten Backen an ihren Nähmaschinen und Webstühlen. Auch hier singt und klingt es in frohen Weisen:

> Die Wolkenschäfchen sind geschoren,
> die Sonnenfäden aufgereiht:
> schon ist der Festtag nicht mehr weit,
> an dem das Christkind ward geboren!

Die Engel kommen nicht zur Ruhe. Ein Stoffballen nach dem anderen wird herzugetragen, denn was ist nicht alles nötig, um Eure Kleidung hübsch und warm zu machen: Schneeweiße Leinwand, flaumiger Battist, dunkelglänzender Samt, buntbedruckter Musselin, wolliges Kamelhaar und schmiegsames Pelzwerk. Schwuppdiwupp wandern die Stoffteile aus der Schere der Zuschneider in die Nähmaschine, zu den Knopflochnäherinnen und — hast Du nicht gesehen — schon ist wieder ein ganzer Kleiderschrank voll der neuesten himmlischen Modelle fertig.

> Flockenschleier, Sternenseide,
> Mondentaft und Nebelflaum
> verweben wir zum schönen Kleid,
> den Kindern unterm Weihnachtsbaum.

Und jetzt hinein ... in die Sportabteilung! Was wollt Ihr lieber haben: Einen Schlitten, Skier, einen Fußball, ein Fahrrad, Schlittschuhe, ein Dreirad, ein Tischtennis-Spiel oder ein Paar Boxhandschuhe? All diese herrlichen Dinge kommen aus der himmlischen Werkstatt und werden hier natürlich auch zum ersten Male ausprobiert. Ragende Wolkenberge geben die Übungshänge ab, auf denen eine jauchzende Schar mit Skiern und Rodeln in die Tiefe saust, und es kommt — sogar bei den Englein — gar nicht selten vor, daß eines kopfüber in den dicken Wolkenschnee purzelt! Nur keine Angst, es kann ihm nichts passieren, es hat ja Flügel. Und auf dem großen Sportplatz nebenan tragen die Flügelmätze ihre Fußballkämpfe aus. Vor gar nicht langer Zeit ist ausgerechnet der Ball, den sich der kleine Peter zum Fest gewünscht hatte, durch ein Luftloch hinunter auf die Erde gesaust. Weg war er! Hoffentlich ist er keinem von Euch auf den Kopf gefallen?! Hört, was dröhnt denn so dumpf aus dem Keller heraus? Kommt ein Gewitter? Ja, Ihr auf der Erde glaubt wohl, mitten im Winter einen richtigen Donner zu vernehmen. Und dabei hört Ihr nur das Rollen der großen, hölzernen Kugeln auf der himmlischen Kegelbahn! Spitzt nur die Ohren, vielleicht dringt nach dem Donner auch noch das Freudengeschrei der Englein zu Euch: „Alle Neune!"

An einem langen Tisch sitzen viele bebrillte, stirnrunzelnde Kerlchen und haben sich ihre kleinen Finger in die Ohren gestopft, damit sie nicht gestört werden. Sie kennen alle Bilderbücher der Welt, haben sie genau studiert, wissen, welche Euch die meiste Freude gemacht haben, und sind nun eifrig am Grübeln, um neue, wunderschöne Bücher für Euch zu erfinden und aufzuschreiben: Märchen von Feen und Zwergen, Rittern und Riesen, und natürlich Indianergeschichten und Abenteuererzählungen. Die Englein, die sich über die großen, von grellen Lampen beschienenen Zeichentische beugen, die malen die Bilder dazu. Von dem vielen Hantieren mit Farbkästen, Pinseln und Tuben haben sie genau so buntverschmierte Hände und Näschen wie Ihr, wenn Ihr über die Wasserfarben Eurer großen Geschwister geraten seid. Sind dann die vielen Bücher fertig, in feste Pappdeckel gebunden und mit einem prachtvollen, bunten Umschlag versehen, dann werden sie eingepackt, adressiert und in die Versandabteilung gebracht. Denn schließlich müssen ja alle die schönen Dinge, die in der himmlischen Werkstatt geschaffen worden sind, weihnachtlich verpackt in Eure Hände gelangen.

Im großen Lagerraum stapeln sich die Pakete, Kisten, Rollen und Schachteln, die die Überraschung für Euch verbergen, und warten auf den großen Tag, an dem es heißt: „Achtung! Alle Englein fertig machen zum Erdenflug!" und das ist nach langer, harter Arbeit der schönste Augenblick für die fleißigen Meisterlein.

$\mathcal{D}$urch dichten Flockenwirbel braust das himmlische Geschwader der Erde entgegen. Im vordersten der Düsenflugzeuge sitzt der Weihnachtsmann und raucht schmunzelnd eine dicke Zigarre. Er weiß, die größte Arbeit ist getan. In der Bugkanzel beim Piloten hat sich Schlunzi mit der Schleuder breitgemacht. Der kleine Naseweis muß ja immer vorne dran sein! Flugmaschinen und Anhänger sind mit zahllosen, wohlverschnürten Paketen und Christbäumen beladen. Im Luftsog des Geschwaders gleiten große und kleine Schlitten, Renntiergespanne und waghalsige Skifahrer dahin. Hupsi hat seinen springenden Sessel liebevoll in Holzwolle und Sternchenpapier eingehüllt und bringt ihn höchst eigenhändig auf die Erde herunter. Ist ein Schlitten gar zu schwer bepackt, so schieben ihn gleich drei Englein die luftige Straße entlang. Und wer von den Begleitern, die zum Umladen und Verteilen auf der Erde notwendig gebraucht werden, anderswo keinen Platz gefunden hat, klammert sich auf den Tragflächen oder auf dem Rumpf der Flugzeuge fest. Nur aufpassen, daß

keiner ausrutscht! Denn wer die Richtung verliert, landet am Ende gar nicht da, wo er hinkommen will!
Man sieht es den pausbäckigen, strahlenden Gesichtern der Englein an, wie aufgeregt, wie neugierig sie auf die Augen sind, die die Kinder beim Anblick der schönen Geschenke machen werden, welche im Himmel für sie ausgedacht wurden. — Immer schneller wird die Fahrt, immer dichter wird das Schneetreiben, immer näher kommt das Ziel der Reise.

Auf einmal ist es still. Ganz still. Lautlos senken sich die Flocken auf die Erde nieder. Haben wir die Erdenfahrt der himmlischen Scharen nur geträumt? Aber schaut doch, stecken da nicht ein paar Häschen wißbegierig ihre Schnuppernasen aus den verschneiten Büschen? Und jetzt wandern kleine Laternchen auf den Waldwegen dahin, und viele, in dicke Schals und warme Hemdchen vermummte Gestalten schleppen Päckchen, Rollen, Säcke und Köfferchen einher. Leise, ganz leise. Nur ab und zu klingt ein heiteres Lachen, ein unterdrücktes Jauchzen auf, hört man das Knirschen von Schlittenkufen und das Trippeln winziger Füßchen im Schnee. Immer näher kommt der Tritt großer, schwerer Stiefel. Der Weihnachtsmann geht den Häusern der Menschenkinder entgegen.

Hinter den hell erleuchteten Fenstern, die so warm
und traulich in die Christnacht hineinstrahlen, warten aber
schon die großen und die kleinen Kinder auf die Stunde, da
der Weihnachtsmann auch an ihr Haus klopft und ihnen

seine Gaben bringt. Dann tut sich die Tür zur Weihnachtsstube weit auf — und wenn Ihr dann, liebe Kinder, Eure schönen Geschenke unter dem Christbaum findet, wenn Euer Lachen und Jubeln den Raum erfüllt, wenn die Kerzen Eure glücklichen Gesichter bestrahlen, so ist es ganz gut möglich, daß Euch ein paar kleine Engel durch die Fensterscheiben zusehen und sich mitfreuen an Eurer Überraschung.